Nous remercions le Conseil des Arts du Canada,
le ministère du Patrimoine canadien et la SODEC
de l'aide accordée à notre programme de publication.

Le Conseil des Arts | The Canada Council
du Canada | for the arts
depuis 1957 | since 1957

 Patrimoine   Canadian
canadien   Heritage

Illustration de la couverture
et illustrations intérieures:
Sampar

Édition électronique:
Infographie DN

Dépôt légal: 4e trimestre 1999
Bibliothèque nationale du Canada
Bibliothèque nationale du Québec

1234567890 AGMV 05432109

Vladimirrr
et compagnie

COLLECTION
PAPILLON

Données de catalogage avant publication (Canada)

Bertrand-Paradis, Claudine, 1952-

    Vladimirrr et compagnie

    (Collection Papillon ; 69)
    Pour les jeunes de 8 à 10 ans.

    ISBN 2-89051-733-0

    1. Titre II. Collection : Collection Papillon (Éditions
    Pierre Tisseyre) ; 69

PS8553.E776V52 1999   jC843'.54   C99-941356-2
PS9553.E776V52 1999
PZ23.B47Vl 1999

Vladimirrr
et compagnie

roman

Claudine Bertrand-Paradis

ÉDITIONS
PIERRE TISSEYRE

5757, rue Cypihot, Saint-Laurent (Québec) H4S 1R3
Téléphone : (514) 334-2690 – Télécopieur : (514) 334-8395
http ://ed.tisseyre.qc.ca
Courriel : info@ed.tisseyre.qc.ca

À Marie-Ève

En souvenir de ma grand-mère
et de son amie, Denise,
qui a créé, de toutes pièces,
un saint Anivergoth
à invoquer dans les situations
les plus farfelues...

Avertissement

Vlad Tepes (prononcer Tsepesh) est un personnage historique réel qui a inspiré le mythe de Dracula, le vampire, à l'écrivain Bram Stoker. Prince de Valachie, une province roumaine, il était un monarque à la fois respecté pour ses victoires sur les envahisseurs turcs et craint en raison de sa grande cruauté. Une certaine confusion règne cependant quant à son identité : certains prétendent qu'il s'agit de Vlad IV, d'autres de Vlad V, mais la vaste majorité semble opter pour Vlad III, l'empaleur, né en 1431, mort en 1476.

Le nom exact « Draculea » a deux traductions possibles : soit « fils du diable », soit « fils du dragon ». La première interprétation est la plus couramment retenue.

1

Où sommes-nous ?

Moi, Dédée, petite-fille de Mathilde Dufront-Anmasse, j'ai neuf ans, onze douzièmes et trois quarts et je risque, d'après moi, de ne jamais en avoir plus !

D'abord, parce que je pourrais suffoquer dans les prochaines minutes ; camouflée sous une tonne de couvertures, au beau milieu d'un lit à baldaquin, lui-même noyé sous un paquet de rideaux, je suis fermement décidée à ne plus mettre le nez dehors, sauf pour respirer

– très vite,

– très peu

– et seulement en cas d'urgence !

Tantôt, j'ai osé risquer un œil et cela m'a permis de réaliser, illico,

– que je ne suis décidément pas chez moi,

– qu'on ne fait pas souvent le ménage ici,

– que j'adore ma famille malgré toutes ses imperfections,

– et surtout, surtout, qu'on peut mourir de peur ! Mieux et plus radicalement qu'en regardant un film d'horreur...

Je n'ai pas la réputation d'être froussarde : la vue d'Aglaé, ma mygale personnelle, championne d'ascension-sur-t-shirts, a déjà fait blêmir, dans le plus grand des silences, les gars de l'école qui auraient pu penser à m'asticoter. Mais, entre nous, j'ai vu tantôt des toiles d'araignée aussi grandes que des draps de lit, alors j'imagine la taille des propriétaires ! Et il y a pire : les portraits de famille suspendus aux murs... Si je n'étais pas convaincue mordicus que je suis brave et que je peux le rester, je céderais volontiers à une terrible envie de crier.

Seulement voilà, mon instinct me dit que ce n'est pas la chose à faire ; surtout maintenant : de ma cachette, j'ai une vue imprenable sur la porte et, pendant que j'étais en pleine mission respiratoire, j'ai vu sa clenche s'agiter dangereusement... et de l'autre côté, si je reste logique, il doit y avoir une main, avec, au bout, une surprise que je ne suis pas sûre d'aimer.

AUX ABRIS, PARÉE À SUFFOQUER ! Un pas traînant, une respiration difficile, « ÇA » se dirige vers mon lit ; heureusement, je suis du genre minus de poche et, enterrée sous un paquet de couvertures, on me remarque à peine ; au mieux, je mourrai asphyxiée... À MOINS QUE « ÇA » NE DÉCIDE DE SE COUCHER DANS MON LIT...

« ÇA » a préféré s'asseoir, ce n'est pas léger et « ÇA » prend appui sur une de mes jambes ; « ÇA » va sûrement sentir ma présence, soulever les couvertures, m'avaler d'une seule bouchée ou, pire, j'aurai le temps de voir son affreux visage avant de...

Tant pis ! De mon œil plus courageux que l'autre, je distingue une forme floue, écarlate, avec une gueule... d'orchidée. Oh, mon Dieu, « ÇA » porte le chapeau de madame Antigone qui a dû être sa première victime! Résignée, je ferme les yeux...

— Saint Anivergoth, c'est toi, Dédée? Je t'avoue que je préfère ça!

Madame Antigone, c'est madame Antigone au grand complet, sans une égratignure, surmontée de son chapeau unique dans les annales de l'histoire des chapeaux: un savant mélange de gâteau aux fruits, d'arbre de Noël et de bouquet de fleurs importées de la jungle amazonienne. J'ai soudain une sympathie sans bornes pour ce chapeau, mais davantage encore pour sa propriétaire qui loge en dessous: madame Antigone, la meilleure amie de Mamidou, qui est, elle, ma grand-mère personnelle...

— Madame Antigone, où sommes-nous? L'endroit m'est tout à fait inconnu... Aux dernières nouvelles, j'étais dans MA chambre À MOI, tu comprends? As-tu une explication? Si tu savais comme je suis contente de te voir!

— Pas autant que moi, chérie! Si tu avais vu la galerie de personnages inquiétants qui m'ont dévisagée du haut de leur portrait pendant que je traversais le couloir! Ils m'ont donné des frissons dans le dos. Je t'assure qu'il n'y avait pas que de l'admiration dans leurs yeux. Chérie, on ne bouge plus de cette chambre, mais d'abord, pince-moi fort que je me réveille ! Allez, allez !

Après tout, c'est une invitation et, pressée de me réveiller ailleurs, moi aussi, je ne me fais pas prier. On se pince mutuellement de bon cœur mais sans autre résultat que de se faire mal.

— C'est bien ce que je pensais, chérie. Un autre coup fumant de Mathilde, ta chère grand-mère qui me fait l'honneur d'être mon amie… quoique, en ce moment, j'en doute ! Au diable sa fascination pour les baptêmes de l'air en OVNI, pour les films de vampires, pour les séries télévisées qui lévitent au-delà du réel, et que sais-je encore ? À force de la fréquenter, nous prenons ses désirs pour notre réalité. La preuve : te souviens-tu comment nous sommes arrivées ici ? Moi non plus.

Madame Antigone est une grande spécialiste des conversations où elle fait à la fois les questions et les réponses, surtout quand elle est énervée ; pour le moment, cette habitude m'arrange, car je suis dépassée par les événements.

— Saint Anivergoth, protégez-nous des vampires. Car tu as compris, chérie, que nous sommes chez les vampires ? Les remarquables canines qu'exhibent les portraits de famille ont dû t'en persuader, mmm, mmm ?

— ...

— Tu sais combien j'aime ta grand-mère, cette chère amie... Eh bien, si je la rencontre par hasard dans ce château, je l'assieds dans la première chaise berçante que je rencontre et je te la balance à la vitesse de la lumière. Tout droit chez saint Anivergoth, pour commencer. Après, on essaiera d'autres destinations qui la dépayseront tout autant !

Si Mamidou est responsable de notre arrivée ici, je suis d'accord pour exercer des représailles. En attendant, je suis reconnaissante de pouvoir glisser ma main dans celle de sa vieille amie. Après tout, le ridicule ne tue pas ; les vampires, eux, peut-être. Madame Antigone a changé d'avis. D'après elle, la chambre ne nous donne que l'illusion d'être en sécurité et, quand on y regarde d'un peu plus près, il faut admettre qu'elle a raison ; notre seule issue de secours est la fenêtre... située au troisième étage d'une vieille tour. Je me laisse donc entraîner dans le couloir avec autant d'entrain qu'un escargot. Une chose me chicote un peu : avec sa robe *tutti-frutti* et son chapeau exotique, madame Antigone est assez voyante. Les portraits de famille ont l'air de ne plus vouloir la quitter des yeux ! Sans compter son parfum aux œillets qui décaperait le nez d'une gargouille enrhumée. Mieux vaut l'avertir :

— Il vaudrait mieux se débarrasser de ton chapeau, il va nous faire repérer.

— Voyons, Dédée, s'il impressionne les araignées et les garde à distance, il aura le même effet sur ces monstres assoiffés de sang.

Rien ne résiste à madame Antigone et à son optimisme. Ma théorie à moi est différente : les araignées, et je les connais bien puisque j'en ai une, seront attirées par son chapeau comme par un jardin ambulant. Quant aux vampires, ils n'en feront qu'une bouchée. Un petit apéritif qui ne leur coupera même pas l'appétit !

Faisant taire mes doutes et ma frousse, je glisse à petits pas prudents dans le sillage de madame Antigone. Les portes nous donnent des sueurs froides. Elles semblent toujours sur le point de s'ouvrir, alors que madame Antigone et moi souhaitons de tout cœur les voir rester fermées. Notre plan est simple et peu héroïque : nous rapprocher d'une sortie ; n'importe laquelle, nous ne sommes pas difficiles. La suite est encore plus simple : prendre la poudre d'escampette et nous diriger, en vol rapide et sans escale, vers la première zone garantie sans vampires. Madame Antigone l'ignore, mais j'avance à tâtons, les yeux plus hermétiquement fermés qu'un «Tupperware»; ainsi, je sursaute un peu moins souvent et mes nerfs ont une chance de tenir le coup jusqu'à la sortie. C'est une tactique comme une autre et aujourd'hui semble un bon jour pour l'essayer !

— Regarde, Dédée, un cimetière !

Pareille réflexion vous réveillerait un mort à tout coup ! Atterrir dans un cimetière n'améliore pas vraiment le moral, mais ça vous ouvre les yeux encore plus vite que quand l'institutrice vous surprend à dormir en pleine classe.

Nous venons bel et bien de déboucher sur une cour intérieure, mal entretenue, avec des tombes qui poussent ici et là au milieu des herbes folles. Tout semble à l'abandon : chaque pierre est à sa place, la terre n'est pas remuée, les hautes herbes ne sont pas piétinées ; il ne semble pas y avoir trop de circulation dans le coin et c'est bon signe, car un vampire normal va et vient entre sa tombe et sa demeure, comme mon frère entre le divan et le frigo. Mais il y a plus étonnant. Sur la gauche, dans la zone la plus ensoleillée, je l'aperçois !

— Madame Antigone, un potager... un vampire, ce n'est pourtant pas végétarien !

— Tu as mille fois raison, chérie. Nous nageons en plein ANACHRONISME...

— Une NANA CHRONIQUE, est-ce que c'est un signe encourageant pour nous ?

Madame Antigone m'explique qu'un anachronisme est une chose qui n'a aucune chance d'exister à l'époque ou à l'endroit où l'on se trouve parce qu'elle n'a pas encore été inventée ou découverte. Pour me décevoir tout à fait, madame Antigone m'assure qu'à sa connaissance aucun cas de végétarisme n'a été répertorié chez les vampires.

— Et encore, Dédée! Il faudrait que toi et moi nous commencions à croire en des vampires qui n'existent que dans l'imagination farfelue de ta grand-mère. Non, non! Nous sommes des personnes raisonnables, momentanément perdues dans les circuits d'un jeu vidéo inventé par un Japonais ayant eu le malheur de rencontrer ta grand-mère dans une de ses vies antérieures. Il ne s'en est jamais remis, et voilà! L'explication est simple quand on y pense!

— Un anachronisme de ton invention, ça? Parce qu'il y a quelques minutes, tu me disais toi-même que nous étions chez les vampires?

— Non, chérie, c'était un essai d'encouragement maladroit... Je suis un peu perdue pour l'instant, vois-tu, car ce cauchemar me contrarie. À mon âge, courir les châteaux avec des monstres aux trousses? Franchement! Un prince, encore charmant et grisonnant, je ne dirais pas non! Un de ces chevaliers qui nous emmènerait sur son cheval blanc loin de ces histoires de légumes sans queue ni racine. Il doit y avoir des tas de théories convaincantes pour expliquer la présence du potager... Par exemple : comme un vampire ne peut s'exposer à la lumière du jour sous peine de destruction, il a un serviteur humain qui lui est dévoué corps et âme, de jour comme de nuit. Celui-ci accueille les visiteurs, fait les emplettes et jardine sous le soleil. N'étant pas membre de cette confrérie de buveurs de sang, il devient plausible qu'il se régale de soupe aux pois ou aux oignons, hein ? Pourquoi pas ?

— Madame Antigone, tu ne crois pas qu'assoiffés de sang comme ils le sont, les vampires l'auraient épargné ? Surtout en période de famine parce que, si tu veux mon avis, il ne doit pas y avoir grand monde qui passe dans le coin. Encore moins qui accepte de se faire mordiller !

— Eh bien, on ne sait jamais... Suppose que ce serviteur soit laid et qu'il ait la couenne dure... qui se sacrifierait pour le mordre, penses-tu ?

Bon, voilà ! À tous nos problèmes s'ajoute maintenant la perspective de rencontrer un portier très laid et imperméable aux morsures. Mieux vaut ne pas s'éterniser dans le coin. Mais nous ne sommes pas au bout de nos surprises. Nous venons de poser le pied sur une nouvelle trouvaille anachronique qui nargue le peu de logique qui nous reste.

— De l'ail !

— Je dirais même plus, de l'ail ! Où allons-nous ? C'est le monde à l'envers, Dédée.

— Un scénario dont le réalisateur a perdu les pédales. Il aurait dû prendre Mamidou comme conseillère technique : les vampires craignent l'ail comme la peste. Note bien que je les comprends : l'ail donne une de ces haleines !

— Qui sait ? Le portier en mange probablement pour se protéger de son patron. Et si ce moyen de protection est efficace pour lui, il peut l'être pour nous également. Nous pourrions nous en fabriquer des bracelets et un collier, non ?

Encore une fois, le ridicule ne tue pas ; les vampires, si. Nos « bijoux » ne sont pas très jolis, mais nous ne voulons plaire à personne en particulier. À vrai dire, nous serions parfaitement satisfaites de ne rencontrer personne. Oh ! disons, d'ici la sortie. Et notre moyen de défense risque d'être efficace : nous puons l'ail de la tête aux pieds. Chez madame Antigone, l'odeur s'est subtilement mélangée à son parfum aux œillets. Nous dégageons maintenant un fumet de... soupe un peu spéciale. Espérons que tous ces ingrédients ne titilleront pas les papilles et les narines du serviteur végétarien, sinon nous sommes cuites!

Parfois, malchance et désespoir se liguent pour torpiller un plan de fuite simpliste. Une voix nous parvient de la fenêtre du haut, une voix familière qui semble donner la réplique à une autre, masculine et inconnue, celle-là.

— Mamidou!

— Mathilde! Aucun doute, c'est Mathilde que nous entendons là.

Voilà qui complique tout! En effet, comment se résigner à abandonner Mamidou dans un endroit que l'on croit habité par des vampires? Même quand la grand-mère en question a pour eux un intérêt dangereux.

2

Un hôte étrange

Résumons : nous avons l'air de deux
épouvantails plantés dans un cimetière-
potager, cultivé par un portier végétarien
pendant ses heures de loisirs. Un rôle
qui ne nous inspire guère, surtout depuis que la présence de Mamidou remet
en question notre fuite. Je m'applique
pour bien entendre, mais je ne comprends qu'une phrase sur cinq. Ceci dit,
il n'y a aucun doute : c'est bel et bien la

voix douce et traînante de Mamidou, avec le bon accent par-dessus le marché.

— Je n'aurais jamais pensé avoir le privilège de rencontrer l'un des vôtres, Vladimirrr !

Allons bon ! Qui c'est, celui-là ?

— ... plaisirrr pourrr moi... honneurrr... grrrand souper trrradition vampirrre... ce soirrr...

Dans son cas à lui, la retransmission est embrouillée, mais j'ai saisi l'essentiel. Il s'appelle Vladimirrr, il invite Mamidou à un souper VAMPIRRRE... et celle-ci en a la voix qui chavire d'émotion... Pour elle, la rencontre d'un vampire en chair et en os a plus de prix qu'un regard fatigué ou qu'un mot en japonais de Leonardo DiCaprio. Mais, tout comme moi, madame Antigone a une autre opinion sur les événements :

— Chérie, je suis désolée de te dire cela, mais je pense que Mathilde, ta grand-mère, déménage et pas parce qu'elle habite provisoirement ce château. Elle a perdu la boussole, elle n'y est plus du tout. Me suis-tu, chérie ? Voilà ta Mamidou à toi et ma Mathilde à moi qui flirte avec ce Vladimirrr QUI-NE-ME-DIT-RIEN-QUI-VAILLE.

Eh oui! Pendant que monsieur Bille-bottin, son ami de cœur, l'attend à la Résidence Belle Aurore et que nous tournons en rond dans un cimetière, Mamidou roucoule avec Vladimirrr QUI-NE-NOUS-DIT-RIEN-QUI-VAILLE. Sait-elle que son inconscience met notre vie en danger? Est-elle au courant de notre présence dans le château?

— Que va-t-on faire, saint Aniver-goth? Et puis pourquoi parle-t-il français? Il ne serait pas censé parler vampire, enfin transylvanien ou quelque chose de ce genre?

— Parce que, chérie, nous sommes tombées sur un vampire POLYGLOTTE.

Saint Vladimirrr, ça mange quoi ça?

— Est-ce que c'est une autre sorte d'anachronisme ou est-ce que ça signifie qu'il est encore plus dangereux qu'un vampire... «normal», disons?

— Rien de tel. Il parle plusieurs langues, voilà tout! Mais rien ne nous oblige, chérie, à lui faire la conversation.

Comme je partage son avis! N'empêche que, si nous voulons sauver Mamidou, probablement contre son gré, nous devons repérer au plus vite la chambre où elle loge. Qui aimerait faire du porte-à-porte dans un château aussi mal fréquenté? Heureusement pour nous, à quatre heures de l'après-midi, les couloirs ont une chance d'être déserts! Tout le monde sait qu'un vampire commence sa journée la nuit. Nous arrivons donc, bien pâles, mais saines et sauves, devant la chambre où Mamidou se permet la fantaisie d'un entretien avec un vampire. Le temps de nous réfugier derrière une immense horloge et la porte s'ouvre sur Vladimirrr, tout de noir vêtu. De notre cachette, nous ne pouvons voir ni son visage – ce qui vaut peut-être mieux – ni Mamidou.

— Trrrès chèrrre amie, je laisse rrreposer charrrmante prrrésence de vous. Je laisse vous en compagnie Drrracula qui adorrre prrrécieuse visite comme vôtrrre. Lui veillerrra surrr petite sieste à vous! Vladimirrr venirrr cherrrcher vous à huit heures trente prrrécises.

Madame Antigone me souffle :

— Il est forrrt, trrrès forrrt. Il sait parrrler aux femmes.

Elle a sur le visage une expression indescriptible, à mi-chemin entre la pâmoison et la crise de fou rire. Elle m'inquiète, moi qui la croyais à l'épreuve du charme vampire.

— Il est vrrraiment génial. Il offrrre à Mathilde le tête-à-tête dont elle a toujourrrs rrrêvé : un aprrrès-midi avec le grrrand Drrracula lui-même.

J'entreprends de la secouer, même si ce n'est pas très poli, pour la libérer et du charme et de l'accent. Elle ne trouve rien de mieux que de pouffer de rire, comme une petite fille.

— Avoue, chérrrie, que tu as eu peur de me voir succomber au charme vladi-mirrrien...

— Madame Antigone ! Nous sommes dans un pétrin anachronique. Ce n'est pas le moment de me laisser tomber. Vladimirrr a laissé Mamidou en compagnie de Dracula. On n'a plus aucune chance de la sortir de la chambre pour l'instant, et d'un. Et de deux, qu'arrivera-t-il si le Prince des vampires a une petite faim ? Mamidou ne peut rien leur refuser !

Dracula suppliant Mamidou de le laisser prendre une petite morsure dans le cou : nous pouffons de plus belle. Après tout, Vladimirrr a invité Mamidou à souper. Nous pouvons donc croire qu'elle est hors de danger jusque-là. D'autant plus que les vampires ne deviennent hyperactifs qu'en fin de soirée, et il est seulement quatre heures trente. Selon nos calculs, ledit Dracula doit logiquement ronfler quelque part dans un fauteuil. Mais qui oserait prendre le risque de le réveiller ?

— Et si on essayait plutôt de retrouver Vladimirrr ? Il n'est ni grand ni costaud et, seul, il pourrait être un adversaire à notre taille.

— Adopté à l'unanimité, Dédée. Je te suis.

3

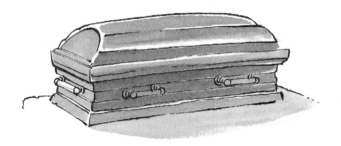

Des indices
inquiétants

J'aimerais mieux que madame Antigone me précède, mais tant pis! Savoir que Mamidou est l'invitée de Vladimirrr a fait monter notre courage d'un cran: nos yeux grands ouverts balaient tous les recoins sombres du couloir avec l'efficacité du meilleur aspirateur. Au fond, Vladimirrr n'est pas grand et, à distance et dans l'obscurité, on peut encore se faire des illusions sur son aspect. De plus, il semble très poli, et c'est un point en sa faveur, non ? Donc, tout va bien depuis au moins trois longues, très longues minutes. Puis, en passant devant un immense miroir, nous encaissons un choc terrible. Bien sûr, nous sommes pressées et, la vitesse aidant, certains détails peuvent nous échapper ; l'obscurité commence sans doute à nous jouer des tours, mais...

— Madame Antigone, nos reflets... On aurait dû apercevoir nos reflets dans le miroir ! Regarde à quel point on ne se voit pas...

Et comment ! Le miroir n'a d'yeux que pour le mur, ses toiles d'araignée et même les poussières ; pas le moindre petit millimètre de nos deux personnes.

— Alors là, chérie, j'ai un truc infaillible. Mes yeux ne sont plus ce qu'ils étaient, mais les tiens devraient suffire. Tu vois, j'ai les foufounes paresseuses. Elles se font toujours prier pour suivre. Tu ne pourras pas les rater...

Madame Antigone a beau chavirer à bâbord, à tribord, et attaquer le miroir sous différents angles : rien. J'ai beau me concentrer, mais celui-ci reste de glace devant la lambada exclusive de madame Antigone. Pour détendre l'atmosphère, je risque :

— En pays vampire, un miroir finit par être blasé et, à force de voir passer des gens qui ne renvoient aucune image, il perd l'habitude de travailler !

— Excellente explication... ou alors, il est très lent. Il renvoie l'image avec beaucoup de retard, trop de retard pour notre bien...

Madame Antigone me regarde puis, inspirée, ordonne :

— Ouvre la bouche, Dédée, et montre-moi tes quenottes.

Mes quenottes, en dents bien élevées, n'ont pas poussé d'un millimètre et j'en suis aussi ravie que madame Antigone en est soulagée. À mon tour d'être méfiante :

— Madame Antigone, montre-moi... ton dentier !

Il y a peu de chances pour qu'un dentier adopte des tendances vampires, mais il faut tout prévoir. Le dentier, lui, a son air bête de tous les jours ! Pas la moindre trace de morsure dans le cou non plus. Décidément, les vampires du coin ne jouent pas le jeu selon les règles habituelles : seuls les vampires consacrés ne se reflètent plus dans les miroirs ;

or, pour devenir vampire, il faut avoir été mordu et vidé de son sang. Madame Antigone en déduit que nous sommes des vampires en pleine mutation : tous les symptômes ne sont pas apparents chez nous, mais nous sommes, d'après elle, semi-dangereuses. Avec sa logique bien personnelle, elle décrète :

— À nous deux, on en vaut un vrai, non ?

Je m'abstiens de répondre, convaincue d'avoir une bonne longueur de dent de retard sur notre adversaire. Toutefois, l'optimisme proverbial de madame Antigone a raison de mes hésitations. Par prudence, nous avons décidé de nous diriger vers les cuisines. En effet, nous ne savons pas où loge Vladimirrr et nous ne voulons pas ouvrir chaque porte pour nous en assurer. D'autre part, la cuisine peut nous donner des indices sur l'accueil que Vladimirrr réserve à Mamidou : si des tas de petits plats mijotent sur le poêle, on peut en conclure que Mamidou est vraiment une invitée ; par contre, s'il n'y a ni cuisine, ni poêle, ni casseroles, ou si le tout est recouvert d'une montagne de poussière, c'est mauvais signe pour Mamidou... et pour nous, par la même occasion. Dans un château, les cuisines se trouvent souvent au rez-de-chaussée ou au sous-sol, tout le monde sait cela. Nous empruntons donc un escalier en colimaçon qui nous donne le tournis et qui semble s'enfoncer dans les entrailles de la terre... en direction des cuisines, nous l'espérons !

— Prudence, Dédée, prudence... Nous risquons d'atterrir dans les oubliettes, car il fait de plus en plus noir. Nous avons raté les cuisines, d'après moi, et il faudrait remonter, sinon nous finirons aux enfers que cela ne m'étonnerait pas...

Au moment précis où madame Antigone nous promet un avenir diabolique, nous nous retrouvons dans...

— La cave à vin ?

— Je dirais même plus, le cellier, avec une multitude de bouteilles vides.

— Pas une seule bouteille de vin pleine !...

— Qu'est-ce que Vladimirrr a dû picoler ! souffle madame Antigone, presque admirative, s'imaginant qu'il a vidé la pièce à lui tout seul.

Évidemment, dans une cave à vin digne de ce nom, on s'attend à trouver

des bouteilles de vin, des tonneaux de vin ou, à la rigueur, en se forçant un peu, on peut se résoudre à trouver des bouteilles de sang. Eh bien, encore une fois, nos espoirs sont déçus. J'ai froid et je veux partir parce que cette cave a au moins cela de normal : elle est humide, sombre et sent le moisi. Madame Antigone, que je tire par la manche, attire alors mon attention sur le mur du fond.

— Ne regarde pas le mur, Dédée, mais le sol devant le mur...

— Il y a du sable ou de la sciure par terre... C'est peut-être normal dans une cave à vin...

— Et les traces de pas qui vont vers le mur et en reviennent, c'est normal, ça ?

Saint Vladivergoth ! Je me retrouve collée contre madame Antigone, le nez au mur et la bouche en accent circonflexe : ici, les vampires ne circulent pas dans le cimetière comme on devrait s'y attendre, mais dans la cave à vin vide. Encore une innovation locale qui n'est pas des plus rassurantes !

— Dis donc, les vampires peuvent traverser les murs ? me demande madame Antigone, à la fois sceptique, admirative et complètement découragée.

— Pas à ma connaissance, mais bof! pfou! on ne sait pas tout. Personnellement, je vote pour qu'on décampe d'ici EN QUATRIÈME VITESSE, madame Antigone. Je t'assure qu'il vaut mieux ne pas chercher à deviner ce qui se passe ici. Viens...

Il doit bien y avoir mille briques dans ce mur, peut-être même deux mille ; une chance sur mille ou sur deux mille, c'est presque nul dans des circonstances normales. Eh bien, en voulant entraîner madame Antigone vers les escaliers, ma main a dû effleurer une brique, une brique sur mille ou sur deux mille, et c'est LA BONNE. Comme au cinéma, le mur se met à pivoter en faisant autant de bruit que la voiture de Jacques Villeneuve les jours de victoire, et nous nous retrouvons devant une chambre secrète, une vraie de vraie. Non, il n'y a personne dedans, et non, on ne peut pas dire qu'elle est meublée, mais elle n'a pas l'air inhabitée non plus. Les dents de madame Antigone ont le hoquet et mes jambes battent la mesure. Nous avons perdu le contrôle de notre corps, de notre vision et de nos idées, toutes les deux, et nous dégringolons à fond de train vers le plus profond des cauchemars.

Il y en a partout!

— Saint Patron des exorcistes, aidez-nous à trouver une explication rassurante! prie madame Antigone dont la voix ne tient plus qu'à un fil...

— Après tout, le propriétaire du château est peut-être un collectionneur qui veut posséder tous les modèles disponibles... Mais pourquoi sont-ils presque tous ouverts, hein, pourquoi?

Madame Antigone prend son air le plus sérieux du monde pour me répondre:

— Bien, voyons, pour aérer...

J'ai l'impression d'avoir avalé un rire nerveux de travers et celui-ci menace d'exploser dans ma gorge d'un instant à l'autre, car madame Antigone continue ses explications abracadabrantes.

— Chérie, navrée de te décevoir, mais ils sont tous du même modèle, et d'après moi, il s'agit de pièces très ordinaires, alors oublie la thèse de la collection. Cependant, les choses absurdes s'expliquent parfois de façon simpliste. Imagine que Vladimirrr n'aime pas les lits et encore moins changer les draps du susdit lit. Il devient logique alors qu'il ait fait l'acquisition de tous ces... bidules, par paresse, par solution de facilité... il les utilise à tour de rôle. La théorie tient debout, à plus forte raison s'il n'a pas de femme de chambre pour faire sa lessive et entretenir le château.

— Il est encore plus logique de penser que le cimetière du haut était un attrape-nigaudes..., dis-je en insistant lourdement sur le mot «nigaudes», et que le véritable dortoir des vampires se trouve ici, sous nos yeux...

Car la pièce est remplie de cercueils matelassés-de-luxe-tout-confort. La plupart – une centaine au moins – sont ouverts, mais vides. Sont-ils tous à Vladimirrr comme madame Antigone cherche à me le faire croire ou chaque cercueil a-t-il un légitime propriétaire? Pire: qu'y a-t-il dans ceux qui sont restés fermés?

Qui voudrait connaître la réponse à cette question? La peur donne des

ailes, car, malgré une sélection rare de rhumatismes vivaces, madame Antigone me dépasse à toute allure pour remonter l'escalier avant moi. Un ou des vampires en conserve, très peu pour moi!

4

Un moment difficile

Sitôt revenues dans l'un de ces nombreux couloirs qui se ressemblent tous, nous avons connu un passage à vide. Bien oui quoi! Voir autant de cercueils d'un seul coup vous entame sérieusement le moral. Sous le coup de l'émotion, nous avons tout oublié : d'où nous venions, où nous allions, Mamidou, Vladimirrr, la chambre, les cuisines, tout. Nous étions là, sans réaction, sans parole, sans geste, aussi bêtes que deux mouches perdues dans une tasse de café au lait. Alors qu'on aurait besoin d'un répit pour refaire nos forces, notre situation se corse encore. Dieu sait pourquoi, madame Antigone fait des figures de yoga compliquées, assise sur les dalles glacées d'un couloir froid, probablement fréquenté, aux heures de pointe, par des vampires à jeun depuis longtemps ; cela, j'en mettrais ma main au feu. Pour compléter le tableau, elle rit à gorge déployée, histoire de donner aux vampires les coordonnées précises de notre dangereuse position.

— Chérie... Hi ! hi ! hi !... pense à cela...

— Oui ? (Ce n'est pas le moment de la contrarier.)

— Antigone Flanche, je m'appelle Antigone Flanche... Hi ! hi ! hi !...

Je suis bien contente pour elle... et un peu rassurée. Au moins, elle se souvient de son nom.

— Mais ça ne nous avance à rien, madame Antigone. Ce n'est pas comme si tu avais un nom impressionnant. Je ne sais pas moi, comme si tu avais des ancêtres sinistres au nom redoutable, capables de donner la chair de poule à Dracula!

Et la voilà qui rit de plus belle! J'aimerais bien l'imiter mais, sans savoir pourquoi, cela devient difficile...

— Tu n'y es pas du tout, chérie... Je m'appelle Antigone Flanche... et je suis en train de flancher... Je porte rudement bien mon nom, non?

Quand on est aux portes du désespoir, il arrive que les nerfs... FLANCHENT, le mot est bien choisi! Madame Antigone est en train de craquer. Moi qui m'appelle juste Dédée Anmasse-Dézidhay, me voilà qui ris aussi fort qu'elle. Histoire de faire sortir de leur cercueil matelassé les derniers vampires qu'on n'avait pas encore sur le dos : les mal réveillés, les paresseux, ceux qui ont le sommeil lourd et ceux qui prennent des somnifères pour dormir... La conclusion est là : madame Antigone et moi sommes au bout du rouleau et nous finirons la soirée sous la dent de Dracula. Surtout qu'en rigolant, saint Anivergoth, on est en train de se faire une pinte de bon sang supplémentaire, ce qui nous rend plus appétissantes encore!

Madame Antigone a besoin de repos pour se remettre de ses émotions et digérer les dernières gorgées de son fou rire. Malgré notre confusion, nous réussissons quand même à regagner notre chambre ; à moins d'un nouvel imprévu, cette pièce est notre refuge le plus sûr. Madame Antigone se répète – et me répète – pour la centième fois, et pour bien nous en convaincre, qu'elle mourra centenaire, rien de moins... et seulement après avoir séduit Sean Connery, un superbe acteur écossais, un peu jeune pour elle : la soixantaine, mais bof! rien n'arrête vraiment madame Antigone quand elle y met le paquet.

D'ailleurs, son rêve de vivre centenaire a de grandes chances de se réaliser : l'espérance de vie des vampires doit se calculer en siècles et, s'ils décident de nous admettre dans leur club comme «vampires honoraires», nous battrons toutes les trois des records de longévité... mais personne n'en saura rien !

Nous tournons lamentablement en rond depuis une heure. Soudain, une révélation : si madame Antigone se sent capable d'inspirer de l'amour à Sean Connery, homme d'une soixantaine d'années...

— Tu serais peut-être capable de séduire Vladimirrr, gentleman-vampire de cinq cents ans au moins, non ?

Je place tous mes espoirs dans le charme de madame Antigone, quitte à ce qu'elle accapare l'attention de notre hôte au grand déplaisir de son admiratrice inconditionnelle : Mamidou.

— On peut toujours essayer, chérie, dit-elle avec beaucoup de résignation et un soupçon de fierté qu'elle essaie de camoufler.

Sus aux cuisines et, cette fois, plus question de reculer ou de se perdre ! Mon petit doigt effronté – j'espère qu'il ne se trompe pas – me dit que Vladi-mirrr doit y cuisiner une recette aux fines herbes capable de faire tomber Mamidou dans ses filets de séducteur. Je m'encourage en pensant que madame

Antigone, en sa qualité de Française-Parisienne-de-naissance, a la langue bien pendue, qu'elle aura réponse à tout, qu'elle va se transformer en oratrice chevronnée, apte à imposer sa volonté à un vampire. Je ne pense pas qu'on puisse compter sur l'aide de Mamidou : une admiratrice critique rarement son idole !

5

Embouteillage
monstre

Vlan! Nous revoilà dans le couloir. Je ne sais plus laquelle de nous deux a poussé l'autre, mais nous y sommes bel et bien. Madame Antigone invoque le saint patron des exorcistes, désolée de ne pas le connaître par son petit nom, pour obtenir son aide-amicale-plus-qu'assurée. Moi, je prie tout ce qui me tombe sous l'idée et toute ma famille y passe... mon frère et ma sœur y compris, ce qui prouve combien je suis désespérée.

J'ai les jambes comme de la guenille et madame Antigone chavire comme un château de cartes sur le point de s'effondrer. Quand je pense que c'est sur elle que je compte pour séduire Vladimirrr ! J'ai remarqué que madame Antigone est plus brave quand elle peut meubler le silence avec des mots, des tas de mots dans le désordre : des mots à fleurs, des mots inventés, des mots savants, des mots d'argot et même des gros mots dans les situations difficiles. Elle s'en sert pour tapisser le silence mur à mur et, moi, je trouve sa manie rassurante ! Rien n'est plus bruyant que le silence tout nu ! On y entend battre son cœur, traîner ses chaussures, froisser ses vêtements ; on y entend presque ses idées les plus secrètes se déplier puis se replier en vitesse ; ça fait tellement de tintamarre que tout le monde finit par nous écouter penser ! Et, comme si ce n'était pas assez, on entend aussi les pas de ses ennemis et toutes leurs mauvaises intentions.

Eh bien, madame Antigone et moi sommes aux prises avec ce genre de situation : je suis certaine que nous sommes sur le point d'être trahies par notre silence bruyant si le rire nerveux de madame Antigone n'a pas déjà fait assez de dégâts quand elle a craqué!

Qu'est-ce que je disais : tout à coup, «ILS» sont là, apparus comme par magie, et je ne suis pas assez rapide en calcul mental pour les compter avant qu'«ILS» nous tombent dessus. Aussi serrés que des cotons-tiges dans leur boîte, «ILS» envahissent le couloir. Une chose est sûre : «ILS» sont aussi nombreux que les cercueils du cellier ; transparents comme des fantômes, avec des contours et des mains qui dégoulinent comme du jello à la menthe laissé en plein soleil! Et des dents surtout, des dents brillantes et acérées qui feraient l'envie de n'importe quel requin. Le pire, c'est qu'on entend leur silence à eux aussi : un silence plein de sous-entendus qui se moque de nous, les deux nigaudes. Je me précipite sur la main de madame Antigone – le ridicule ne tue pas ; les vampires, qui sait ? – et je nous sens fondre sur le sol comme de la crème glacée oubliée dehors un jour de canicule...

Mes yeux à moi ont repris la position du «Tupperware»-hermétiquement-scellé. Leurs rires, leur haleine et leurs mains

glacées sont déjà sur moi... J'ai l'impression d'avaler un glaçon qui descend lentement dans ma gorge pour voyager dans tout mon corps... et madame Antigone qui crie, qui crie...

Quand je me tourne vers elle en ouvrant la moitié d'un œil, je la vois au grand complet, même si elle est aussi agitée qu'un tremblement de terre à son épicentre. Les vampires sont derrière nous ; ils se moquent de notre frousse en souriant de leurs grandes dents astiquées au Colgate au moins dix fois par nuit. Mais je m'en fiche : mieux vaut les faire rire que les faire saliver de gourmandise ! Et puis, malgré tout, J'AI UNE BONNE NOUVELLE :

— Madame Antigone, tu as vu, ils sont passés à travers nous comme de vrais fantômes. Autrement dit, ils ne peuvent rien contre nous, parce qu'ils n'existent pas vraiment.

Madame Antigone me répond par quelques claquements du dentier, histoire de remettre ses mots en marche et en ordre :

— Oh ! mais Dédée, tu n'as pas entendu les choses inquiétantes qu'ils marmonnaient, toi ! À travers toutes ces langues étrangères, j'ai compris quelques phrases en français, moi... quelque chose du genre de : « On vous attend au souper de ce soir ! » Eh bien, moi, chérie, j'ai horreur d'être invitée aussi cavalièrement. Bref, puisque c'est ainsi, nous n'irons pas ! D'ailleurs, tiens, nous partons tout de suite !

— Sans Mamidou ?...

— Elle ne l'aurait pas volé, parce que ses relations, laisse-moi te dire qu'elle pourrait mieux les choisir...

Puis, d'une toute petite voix, elle ajoute :

— ... sauf-moi-évidemment-qui-suis-trop-gentille-et-surtout-trop-bête-pour-l'abandonner-à-l'appétit-vorace-de-vampires-malintentionnés-et-malpolis... Comment me trouves-tu, Dédée ? Telle que tu me vois, je suis enfin décidée à appliquer notre plan numéro deux : séduire le génie du foyer, le roi de la cuisine-santé, Vladimirrr lui-même. Si nous savions, au moins, à quels charmes il est sensible... Ce n'est pas grave, j'improviserai...

Elle fait plaisir à voir, madame Antigone ; la voilà redevenue celle que je connais : celle qui change d'avis toutes les deux secondes, qui fait les questions et les réponses et qui a repris des couleurs et des bonnes résolutions.

— Madame Antigone, arrête de t'agiter ! Il ne faudrait quand même pas que tes joues soient trop rosées. Un teint sanguin pourrait lui donner des idées mordantes...

— Commence donc, Dédée Anmasse-Dézidhay, par enlever ces bracelets à l'ail qui ne servent pas à grand-chose. Tu ne voudrais pas le mettre en rogne dès le départ, n'est-ce pas ? Et puis on a les joues qu'on peut. C'est ma haute pression qui leur donne ce teint de pommes Spartan... de bien bonnes pommes d'ailleurs, les meilleures... Vladimirrr ne pourra résister à ma mine resplendissante de santé et il ne pourra que succomber aux recettes d'une personne qui, comme moi, incarne ce qu'elle prêche...

Je ne comprends plus rien à ce que raconte madame Antigone, mais ce n'est pas grave. Une seule chose compte : elle s'est lancée sur le sentier de la guerre et fouette son courage à grands coups de phrase sans queue ni tête.

Je me sens ragaillardie, surtout qu'une bonne odeur de soupe donne des idées à mes papilles et nous signale qu'on approche des cuisines. Plus la peine d'essayer d'être discrète : mon estomac se plaint comme un désespéré !

6

Qu'est-ce qui mijote ?

Nous sommes décidément dans une histoire anachronique, avec une cuisine de château anachronique et un vampire assorti à tous ces anachronismes : la cuisine est aussi jaune qu'un champ plein de tournesols. On croirait presque que la robe et le chapeau de madame Antigone, inspirés par le décor, se sont mis à bourgeonner et à fleurir de plus belle. Et n'importe quel spécialiste pourra affirmer qu'un scénario pareil ne correspond pas à la tradition vampire : normalement, le sang, le danger, les plaintes et les chuchotements suintent de tous les murs. Chez eux, les éléments tendres et sentimentaux sont considérés comme des cancres dont il faut se débarrasser au plus vite pour ne pas nuire à la réputation de la famille. Tout cela pour dire que le Vladimirrr, l'exemplaire que nous avons sous les yeux, n'est pas normal du tout : tout rond et tout chauve, il ressemble plus au brouillon du père Noël, sans son pelage d'hiver, qu'à un vampire. Debout devant le poêle, il joue à la parfaite ménagère... et pousse l'originalité jusqu'à porter un petit tablier-pour-ne-pas-se-salir. Madame Antigone, qui aurait adoré épouser un homme-au-foyer-et-aux-casseroles-mais-qui-n'en-a-jamais-trouvé-un-comme-cela-de-son-temps, est sur le point de faire une crise aiguë de pâmoison accélérée... et ça, saint Anivergoth, pas question !

Il faut qu'elle garde les idées claires, qu'elle choisisse les mots qui vont napper le cœur de Vladimirrr de glaçage au chocolat, qu'elle lui joue la grande scène de séduction qu'elle réservait à Sean Connery, qu'elle...

— Vladimirrr, vous êtes un goujat! De quel droit vous et vos collègues nous avez-vous kidnappées et semi-vampirisées?

Vlan! D'accord, j'aurais dû parler la première; madame Antigone a la douceur d'un explosif! De deux choses l'une: ou Vladimirrr n'est pas rancunier ou il est sourd comme un pot. Il nous accueille à bras ouverts comme de vieilles connaissances, malgré l'entrée en matière fracassante de madame Antigone!

— Entrrrez, petite madame, moiselle! Vous enfin rrréveillées. Vladimirrr pas osé dérrranger vous avant. Venirrr s'asseoirrr, pas avoirrr peurrr...

— Vous d'aborrrd rrrépondrrre question piège de madame Antigone: quel sorrrt nous rrréserrrvez-vous? Mon Dieu, excusez-moi, Vladimirrr, ma vieille manie me reprend: je prends toujours l'accent de mes interlocuteurs, c'est plus fort que moi... mais cela ne vous dispense pas de répondre à ma question...

Madame Antigone a adopté l'attitude de la terrible institutrice sermonnant son élève le plus difficile...

— Intentions Vladimirrr tout à fait honorrrâââbles...

— Grands Dieux, Vladimirrr, ne me dites pas que vous voulez m'épouser? coupe madame Antigone qui dit vraiment n'importe quoi.

— Vladimirrr élevé comme gentle-mâââânnne, petite madame. Jamais fairrre prrroposition marrriââage aprrrès rrrencontrrre si courrrte. Vous rrrassurrrée?

Décidément, il connaît peu madame Antigone!

— Ce serait trop facile, monsieur Vladimirrr! Je suis très mécontente, car vous, ou l'un des membres de votre famille, avez profité de notre sommeil pour nous agresser lâchement. Bien oui, il a bien fallu que quelqu'un de votre maffia nous morde d'une dent d'expert pour que nous rations le test du miroir : plus le moindre reflet de nos deux personnes! C'est beaucoup de nous-mêmes que vous nous avez ôté, et ce, sans notre permission...

Madame Antigone parle avec un air pincé de déléguée syndicale, et je me demande, avec inquiétude, sur quelle branche dangereuse elle va finir par se poser avec son discours trop lourd.

— Rrrassurrrez-vous : pas morrr-dues! Moi trrricher un peu pour garrrder visiteurrrs plus longtemps. Mirrroirrr trrrafiqué pourrr donner illusion vampirrre ! Visites tellement, tellement rrrarrres. Vous rrraison : Vladimirrr honteux de vilain Vladimirrr...

Il est si attendrissant avec sa tête baissée et ses doigts qui triturent le coin gauche du tablier ; même ma petite sœur, qui est une grande comédienne, réussit moins bien que lui la scène du repentir sincère. Je m'entends protester :

— Mais non, mais non, pas si vilain que...

— Mais si, mais si, coupe madame Antigone, vous êtes un galopin sans manière, monsieur Vladimirrr. Que je ne vous y reprenne plus, parce que je serais très, très déçue de vous, n'est-ce pas ?

Pendant que Vladimirrr et madame Antigone glissent tous deux sur la pente savonneuse de la réconciliation, je pose ma question à moi :

— Pouvez vous nous dire, monsieur, quand et comment nous sommes arrivées chez vous ?

— Ça grrrand, trrrès grrrand mystèrrre ! Vladimirrr trrrouver moiselle dans chambrrre bleue et petite madame dans chambrrre rrrouge. Vous rrron-rrroniez, alorrrs Vladimirrr laissé dorrr-mirrr, mais rrravi, rrravi vous êtrrre en visite... En trrrain prrréparrrer petits plats en honneurrr vous...

— Et Mamidou, je veux dire ma grand-mère, qui nous accompagnait sûrement ?

— Elle rrronrrroner dans chambrrre dorrrée. Pas trrracasser vous. Elle en bonne, trrrès bonne compagnie. Rrrejoin-drrre vous pourrr souper, d'accorrrd ?...

— Mathilde ronronne maintenant, Mathilde est en bonne compagnie, bien tiens ! grommelle madame Antigone. Pouvons-nous vous aider puisqu'il faut moisir ici ?

— Moisirrr mauvais pourrr teint. Vladimirrr pas vouloirrr vous moisirrr...

Bon, le voilà plongé dans toutes sortes d'inquiétudes à notre sujet, alors que madame Antigone hésite entre la gentillesse et la mauvaise humeur. Il va falloir la ramener à de meilleurs sentiments.

— Madame Antigone, arrête de le taquiner. On ne veut pas se brouiller avec lui. Souviens-toi des autres et dis-toi que celui-ci est, de loin, le plus sympa, d'accord?

Ou madame Antigone attaque férocement l'adversaire de front, ou elle bâtit des compliments aussi épais que des murs de briques, mais il y a rarement un juste milieu chez elle. La preuve:

— J'adore l'ail, et les vampires qui adorent l'ail me fascinent comme jamais un simple mortel n'a été capable de le faire, déclame-t-elle avec des trémolos de tragédienne, tandis que ses cils « en dentelle anglaise » battent des ailes comme un papillon qui chercherait désespérément à prendre de l'altitude.

Si ça continue, Vladimirrr va se tordre de rire dans la prochaine seconde! Eh bien, pas du tout! Le voilà qui minaude et lui télégraphie en morse des regards de poisson frit. C'est le pire navet sentimental que j'aie jamais vu; plus acteurs amateurs que cela, tu meurs. Et dire que notre survie dépend des improvisations de madame Antigone! On dirait que celle-ci traverse des phases de modifications chimiques imprévisibles, et, tout aussi incroyable que cela puisse paraître, elle marque des points : Vladimirrr vient de lui confier son couteau-petit-prrré-férrré-pourrr-« plumer »-oignons. Je suis presque émue ! Pendant ce temps-là, j'ai repéré sur le poêle la plus immense des casseroles ovales jamais vues et j'aimerais savoir ce qui mijote dedans, car les goûts d'un vampire, même reconverti à l'ail, m'intriguent et m'inquiètent !

Pendant qu'ils discutent des bienfaits de la soupe à l'ail et aux oignons, je tente une approche discrète de la casserole-mystère. À vue de nez, elle pourrait contenir cinq dindes de Noël alignées. Son couvercle semble tellement lourd et encombrant que le fabricant a prévu des poignées pour le soulever à deux mains. Je n'ai jamais vu une marmite pareille, mais Vladimirrr ne fait pas ses emplettes aux mêmes magasins que le commun des mortels. Je parierais qu'elle contient assez de pommes de terre pour nourrir dix familles nombreuses ; tout le potager de Vladimirrr a dû y passer. Je saisis solidement les deux poignées du couvercle et me prépare à le soulever à la une, à la deux, à la trois, quand deux mains arrêtent mon mouvement.

— Malheurrr, malheurrr ! Petite moiselle brrrûler menottes !

— Mais pas du tout ! D'où vous viennent toutes ces inquiétudes injustifiées ? Dédée est une experte en marmites. Elle a voulu empêcher votre casserole de déborder, voilà tout. Dites donc, mon ami, vous êtes trop stressé, et, tout vampire que vous êtes, avec une telle tension, vous ne ferez pas de vieux os.

— Tout bien, tout pââârrrfait si moiselle pas brrrûler menottes, mmm, mmm ?

Merci à madame Antigone pour son intervention. N'empêche que, l'air de rien, il a réussi à pousser la casserole hors d'atteinte et je ne sais toujours pas ce qu'elle contient. Il faut donc attaquer le problème sous un autre angle.

— Vous savez, monsieur Vladimirrr, nous n'avons pas un gros appétit, Mamidou, madame Antigone et moi. Vous vous donnez bien trop de travail pour un petit repas pour quatre... à moins que vous attendiez de la famille ?

— Vladimirrr, presque zérrro famille et zérrro ami. Grrrande trrragédie et pouf ! Vladimirrr tout seul...

— Ah oui, et quand cela, c'est récent ? demande madame Antigone qui se souvient, comme moi, d'un embouteillage monstre dans le couloir créé par une meute de vampires.

— Vous asseoirrr, Vladimirrr tout rrraconter... Un jourrr, longtemps, longtemps, terrrible épidémie : tout le monde morrrt ou se sauver, sauf vampirrres plus forrrts que virrrus. Mais eux rrrestés seuls : zérrro villageois, zérrro sang, rrrégime forrrcé. Jamais mourrrirrr mais faim, mauvaise humeur, mauvaise santé, dorrrmirrr tout le temps. Alors Vladimirrr voler légumes dans jarrrdins villages voisins pourrr goûter. Pauvrrre Vladimirrr fairrre terrribles, terrribles allerrrgies d'aborrrd...

— Laissez-moi deviner la suite. Une fois les allergies terminées, pendant que Vladimirrr devenait grand et fort grâce à sa cure de légumes, ses collègues pâlissaient à vue d'œil. Pourquoi n'ont-ils pas essayé votre truc ?

— Vladimirrr chanceux ! Lui seulement allerrrgies, eux mourrrirrr avec souffrrrances atrrroces.

— Seigneur, les légumes font mourir les vampires et personne n'y a jamais pensé ! Dédée, il ne faudrait pas que les enfants apprennent cela, eux qui ne raffolent déjà pas des légumes...

— Va pour les légumes, risquai-je, mais pourquoi cultiver de l'ail?

— Pourrr prrrotection! Vladimirrr tout seul avec trrrois sorrrtes vampirrres. Prrremièrrre sorrrte, morrrte de légumes, pas prrroblème! Deuxième sorrrte, vivrrre quand même sans manger et devenirrr prrresque invisible, pas prrroblème non plus! Mais trrroisième sorrrte plus entêtée: vouloirrr piquer sang Vladimirrr pourrr nourrrirrr et immuniser contrrre effets légumes...

— Et Vladimirrr pas d'accord? suggère madame Antigone.

— Vladimirrr pas d'accorrrd, mais impossible cacher lui. Alorrrs ail devenu bouclier invisible Vladimirrr. Mettrrre ail parrrtout d'aborrrd puis tellement habitué que devenirrr capable digérrrer ail. Depuis, Vladimirrr avoirrr la paix!

— Tantôt, dans le couloir, nous avons rencontré les vampires de la deuxième catégorie, je suppose?

— Oh, tous dans deuxième catégorrrie maintenant. Possible eux venirrr au souper avec nous. Pas manger, non; eux seulement figurrrants innoffensifs et currrieux. Voix trrrop faible pourrr parrrler. Vous seulement entendrrre eux si tous dirrre même chose en même temps. Eux pas capables toucher ni morrrdrrre, eux gentils maintenant, pas avoirrr peurrr !

— Être venues de si loin, on se demande comment d'ailleurs, pour apprendre qu'une famine a rendu les vampires innoffensifs... Et le Prince des vampires, Dracula ?

— Drrracula, neveu moi, mais pâlot comme autrrres ! Grrrande trrragédie pourrr lui. Si événements connus dans monde, rrréputation fichue, plus jamais inspirrrer films et sainte frrrousse. Vladimirrr se fairrre beaucoup soucis pourrr cherrr neveu... D'ailleurrrs lui plus vouloirrr êtrrre appelé Drrracula. Mauvais pourrr morrral et donner complexes ! Appeler Vlad Tepes à la place, d'accorrrd ?

— Bon, bon, mais vous n'avez jamais pensé à lui céder un peu de votre sang, histoire de l'immuniser contre les légumes verts et les fines herbes ? risque madame Antigone, sans réaliser que son idée ne sert pas vraiment nos intérêts.

— NON, NON, JAM... parrrdon, vouloirrr dirrre non, non parrrce que neveu Tepy plus sage maintenant et Vladimirrr trrrouver enfants sages, bonne chose, non ?

— Absolument et un Dracula sage, c'est encore mieux. La dépression passera, vous verrez, surtout qu'il a des siècles devant lui pour s'habituer à sa nouvelle personnalité... personne alitée. Ha! ha! ha! Dédée, tu comprends le jeu de mots: personne alitée! Mais je retrouve la forme, moi. Dans le fond, Vladimirrr, vous racontez des histoires intéressantes et le secret de Dracula est en sécurité avec nous!

— Maintenant, Vladimirrr a confessé petits secrrrets et petites trrricherrries, vous prrrometttrrre pas sauver vous avant souper. Compagnie vous si prrrécieuse pourrr pauvrrre Vladimirrr qui toujourrrs mange seul...

Et le voilà qui bat des cils plus vite et avec plus de conviction que madame Antigone, tout en triturant son coin de tablier avec son petit air attendrissant. Et c'est là que l'imprévisible madame Antigone frappe encore.

— Tout doux, tout doux! Avant de promettre, nous voulons des garanties. D'abord, nous avons découvert, par hasard croyez-moi, votre petit dortoir dans le cellier. Ne me dites pas que vous logez là, vous aussi?

— Non, Vladimirrr avoirrr chambrrre prrrivée avec guirrrlandes ail parrrtout, parrrtout... Eux pas dangerrreux mais si devenirrr syllabules...

— Somnambules, Vladimirrr, somnambules...

— Si somnam... comme vous dirrre, rrreprrrendrrre vieux rrréflexes peut-êtrrre et vider Vladimirrr comme grrrand verrre d'eau minérrrâââle pendant rrronrrron Vladimirrr...

— Finalement, Vladimirrr, quand on vous écoute attentivement, vos acolytes redeviennent dangereux dès qu'on leur en donne l'occasion. Or, Dédée et moi, détestons l'idée d'être vues par eux comme un immense verre de V8 à vider avec cent pailles...

— Petit danger seulement quand dorrrmirrr. Vladimirrr vous prrrêter tous ses colliers d'ail pourrr rrrassurrrer vous mais, « siou plaît », vous rrrester ?

Et joignant le geste à la parole, Vladimirrr détache du mur une panoplie de colliers puants qu'il nous tend à toutes deux.

— Et le neveu Tepy ? insiste madame Antigone tout en se bardant généreusement de colliers.

— Rrrien crrraindrrre, Tepy trrrès obéissant maintenant. Lui déprrrimé mais obéissant, sage, poli...

— Comme quoi les mauvais vampires font les meilleurs neveux...

— Petite madame tout comprrris !

— Eh bien, si ça ne vous fait rien, Vladivostock chéri, je vais aller ronronner, comme vous dites si bien, jusqu'au souper. Grosses bises à vous en attendant. Viens, Dédée, nous l'empêchons de cuisiner à son aise...

— À tantôt, monsieur Vladimirrr !

Plus bas, j'ajoute à l'intention de madame Antigone :

— Vladivostock chéri ? Il y a bien une ville russe appelée Vladivostock, mais...

Vladimirrr, Vlady ou Vladivostock, quelle importance ! Madame Antigone ne s'arrête pas à ce genre de détails et adore ajouter aux prénoms sa touche personnelle. D'ailleurs, pour toute réponse, elle me pousse d'une main ferme dans le couloir et me regarde avec des yeux d'hypnotiseur en transe.

— Sur une échelle de un à cent, à combien évalues-tu l'agressivité de cette clique de vampires ? Et, toujours sur la même échelle, celle du neveu Tepy ?

Prends ton temps, Dédée, tu as trente secondes pour répondre.

— Bien, je donnerais dix sur cent à chacun des pâlots. Par contre, un Dracula sage et obéissant, je trouve cela difficile à croire. Pourquoi son tonton-qui-l'aime-tant a-t-il refusé de lui donner du sang pour l'immuniser ? Ceci dit, Vladimirrr, lui, est franchement inoffensif : notre hôte est un granola convaincu qui a un gros faible pour toi...

— Il nous reste deux inconnues alors : quel danger réel représentent les pâlots et le neveu Tepy ?

— Quatre inconnues, madame Antigone...

— Hein ?

— Et de trois, qu'est-ce qui mijote dans la casserole-mystère ? Il m'a empêchée d'en soulever le couvercle, souviens-toi. Et de quatre, comment récupérer Mamidou ?

— Ton problème a trop d'inconnues, Dédée, et le calcul mental ne peut plus rien pour nous... C'est au-dessus de mes forces, j'abandonne... D'ailleurs, saint Anivergoth doit s'avouer vaincu, lui aussi...

— Allons nous reposer, d'accord ? Mais pas question de « ronrons », madame

Antigone. Il nous faut un plan-super-puissant-qui-réussisse-à-cent-pour-cent.

— D'accord, Dédée, pourvu que je puisse étendre mes jambes une petite demi-heure. Dieu, qu'on soupe tard ici!

— Et encore, ce sont des lève-tôt! D'habitude, un vampire ne commence pas sa journée avant minuit.

L'expérience aidant, nous retrouvons le chemin de la chambre les yeux fermés, pour ainsi dire. Sitôt allongée sur le lit, madame Antigone pousse trois soupirs de soulagement et de béatitude, puis elle se met à «ronronner» à une allure sportive! Au fond, je ne peux guère lui en vouloir: quatre heures de séjour ici lui ont fait vivre plus d'émotions qu'un mois à la Résidence Belle Aurore, sa maison de retraite. Madame Antigone a beau dire qu'elle «est à l'épreuve des années» comme les pyramides d'Égypte, elle a tout près de soixante-dix-huit ans.

Mon Dieu, j'y pense : qui va s'occuper d'Aglaé si notre séjour ici doit se prolonger contre notre gré, évidemment ? Personne, dans ma famille, ne tient à avoir une relation proche et suivie avec elle ! Aglaé, c'est ma mygale ! Je l'ai eue sans le faire exprès. Un jour, je suis allée à la SPCA pour adopter un animal : un chien ou un chat, ou, à la rigueur, un lapin ou un perroquet. Pour éviter de choisir, parce que ça me fend le cœur de ne pas pouvoir les emmener tous, j'ai décidé de prendre «celui ou celle qui avait le moins de chances de se faire adopter». Voilà comment j'ai hérité d'Aglaé dont personne ne savait vraiment quoi faire. Mon acquisition n'a pas provoqué la joie chez moi. Si notre disparition a déjà été découverte, ma famille doit se faire un sang de poulpe et être à cent lieues de penser à prendre soin d'Aglaé.

Il faut vraiment que nous nous évadions de ce château. J'essaie de me recoiffer les idées, d'en sortir des mèches explosives à faire détoner au cours du souper, mais je n'ai pas beaucoup de munitions et le contenu de mes poches n'est guère inspirant : trois gommes à mâcher, la photo de Brad Pitt – en vampire, cela peut toujours servir ! –, le numéro de téléphone de la bibliothèque municipale et un paquet de Kleenex entamé. On ne sait jamais : un mouchoir peut être utile pour sécher les larmes que nous ne manquerons pas de verser sur notre triste sort.

DZONGGGGGGGG ! Un coup de gong, qui vibre jusque dans mes joues, vient de réveiller madame Antigone en sursaut et, pour ne pas avoir l'air de s'être endormie, elle débite son habituelle litanie de catastrophes explicatives :

— La Troisième Guerre mondiale, une attaque aérienne de soucoupes volantes ?... Non, je sais : Vladimirrr vient de laisser tomber sa marmite-mystère...

— Un gong, madame Antigone, c'est un gong que tu viens d'entendre...

Elle improvise plutôt bien pour quelqu'un qui vient de se réveiller sans en avoir l'air !

— Viiite, viiite, nous sommes un peu fripées, chérie, et Vladimirrr va passer nous chercher dans deux minutes, du moins je l'espère. Il ne va quand même pas nous laisser chercher la salle à manger toutes seules. A-t-on idée de convier les gens à table avec un engin aussi bruyant et archaïque? Si Mathilde décide de souper dans sa chambre, je ne lui pardonnerai jamais de me compliquer ainsi l'existence...

7

Le plat
de résistance

Je frissonne. Madame Antigone peste un peu : elle aurait dû apporter une « petite laine » – un chandail si vous préférez – et moi aussi. Quant à Mamidou, madame Antigone n'en démord pas, elle mérite le rhume qui lui pend au nez ! Pour la dixième fois, Vladimirrr s'excuse du manque de chauffage ; depuis qu'il a adopté le régime des petites soupes bien chaudes, il économise son bois pour entretenir le feu de sa cuisinière.

Nous sommes... perdues à table, tellement celle-ci est immense. Vladimirrr est assis au centre, avec Mamidou à sa droite et madame Antigone à sa gauche. Moi, j'ai insisté pour m'asseoir à côté de madame Antigone, au cas où nous devrions nous consulter en catastrophe. Mais je viens de réaliser les risques que je cours : toutes les chaises à ma gauche, une bonne trentaine, sont vides et autant en face. Ce qui m'amène à la question suivante : quelle tête, ou plutôt quelles dents, aura l'heureux élu qui prendra place à côté de moi ? Car nous risquons d'avoir de la compagnie, beaucoup de compagnie, si j'en juge par les dimensions de la table et la kyrielle de vampires que nous avons rencontrés tantôt dans les couloirs.

Qui, de Mamidou ou de moi, aura Dracula comme voisin ? Par générosité, je laisse volontiers cet honneur à Mamidou puisqu'elle lui a déjà été présentée et qu'elle a un faible pour lui et ses semblables.

En attendant, nous sommes transies de froid, et sans doute de peur aussi, dans une salle gigantesque au plafond désespérément haut et aux dalles désespérément glacées, devant une soupe délicieusement parfumée que Vladimirrr ne se décide pas à servir. Il garde les yeux fixés sur une lourde porte de bois à deux battants et semble ne plus être tout à fait avec nous.

Mon estomac crie «À la soupe» et tout le reste de ma petite personne hurle, tout bas mais avec beaucoup de conviction : «Sauve qui peut!»

Alors qu'on ne s'y attendait plus, Vladimirrr sort enfin de son étrange méditation pour revenir parmi nous.

— Moi devoirrr excuses à vous. Vladimirrr êtrrre trrrès mauvais hôte carrr vous attendrrre rrrepas depuis longtemps. Devoirrr aussi rrréparrrer petit oubli. Si êtrrre vrrraiment sincèrrre, Vladimirrr devoirrr confesser petit, tout petit mensonge...

— Un mensonge et lequel, bonté divine? lance madame Antigone en reflétant parfaitement ma pensée.

— Vladimirrr avoir beaucoup invités, car soirrrée trrrès spéciale: anniverrrsaire neveu Tepy. Tss-tss-tss! Moi justement rrrien dirrre pourrr que vous pas mal à l'aise pas avoirrr apporrrté petit cadeau. Vous pas savoirrr, vous pas pouvoirrr prévoirrr. Norrrmal!

— Mais vous êtes trop prévenant, Vladivostock chéri... Il me semblait que vous n'aviez plus ni famille ni ami... Un autre mensonge cela?

Madame Antigone est sur le point de nous mériter l'antipathie de Vladimirrr, un très mauvais calcul!

— En fait, monsieur Vladimirrr, madame Antigone veut dire que nous ne pouvons pas vous imposer notre présence pendant une fête de famille. Aussi, si Mamidou veut bien nous suivre et si vous voulez bien nous excuser, nous allons vous laisser fêter cet anniversaire entre vous. Nous vous demanderons seulement de transmettre nos souhaits les plus sincères à votre neveu...

— Vous invitées perrrsonnelles de Vladimirrr, vous plus sympas que Tepy et bande deuxième catégorie. «Siou plaît», vous rrrester pourrr pauvrrre Vladimirrr?

Il n'a même pas le temps de prendre son air malheureux de circonstance que le gong nous défrise de la tête aux pieds pour la deuxième fois.

— Mais c'est une manie, ce gong! Quel est le fada... le fanatique qui en joue à tout propos, et quelqu'un pourrait-il l'en empêcher? Merci!

— Gong, vieille coutume dans famille Vladimirrr, mais lui manquer forrrces. Alorrrs fabrrriquer système autonome de son invention. Nous pas mettrrre bougies sur gâteau, carrr lumièrrre rrrappeler mauvais souvenirrrs à nous. À la place, nous sonner du gong...

— Oh, cette tradition est tout à fait charmante! Et quel âge a le petit Tepy aujourd'hui? raille madame Antigone.

— Lui avoirrr cinq cent soixante-sept ans aujourrrd'hui!

— Alors, soyez chou, Vladivostock, pouvez-vous convaincre votre gong de se contenter de souligner les siècles, sinon il est à craindre que ma pauvre tête et celle de Mathilde, même si elle ne dit rien, vont exploser à votre table dans un avenir très proche?

Petite pirouette du regard et Vladimirrr retrouve son air méditatif.

— Psitt, vous écouter! Entendrrre porrrtes s'ouvrrrirrr et ferrrmer? Tepy venirrr nous rrrejoindrrre avec copains!

Vladimirrr a une oreille de chien de chasse. L'étrange procession qui fait son entrée n'est guère réjouissante. Maintenant que nous pouvons les contempler à notre aise, les vampires de deuxième catégorie ne nous semblent pas plus aimables que les portraits de famille suspendus aux murs ; on dirait même que leur contour est plus précis que tout à l'heure. Et le fichu gong qui s'entête à saluer l'entrée de chacun ! Ils ont presque l'air de défiler au pas militaire sur deux rangs ! À vue de nez, les copains de Tepy sont aussi nombreux que la meute croisée dans le couloir et... AOUCHE !

— Madame Antigone, essaies-tu de me casser les côtes ?

— Sois sérieuse, Dédée, et regarde plutôt le plat de résistance ! Dans les films qui lui sont consacrés, il est nettement moins grand mais aussi plus vieux. Or, c'est un jeunot d'à peine cinq siècles et en excellente condition physique que nous avons là, sous les yeux. Il s'est bien conservé malgré les famines...

HOULALA! HOULALA! Le cortège vient de se scinder en deux pour faire une haie d'honneur à Dracula, pardon, Vlad Tepes; je ne serai jamais capable de l'appeler par son diminutif. Rien dans son visage, sa taille ou son accoutrement ne donne l'envie d'être familière avec ce grand... ce grand... monstre! C'est le mot qui le décrit le mieux! Il est trois fois plus grand que Vladimirrr et ses... crocs – plus question d'appeler cela des dents – lui raclent presque le menton. Ses pupilles ressemblent à deux globes de verre mauve sur le point d'éclater et ses yeux sont injectés de rouge. Pour tout dire, il n'a rien du petit Tepy décrit par son tonton, et je doute fort qu'il n'ait jamais fait AREU, AREU, qu'il n'ait jamais porté de couches ni même bu un biberon. Ce monstre a pris place à l'autre bout de la table, vis-à-vis de Vladimirrr et assez loin de nous, merci mon Dieu! Mais il ne se décide pas à s'asseoir, pas plus que sa suite d'ailleurs. Pour ne pas nous faire remarquer,

madame Antigone et moi, nous nous sommes empressées de nous lever. On doit bien avoir encaissé une centaine de coups de gong jusqu'à maintenant et on commence à en ressentir les effets. Pendant que la clique de Vlad Tepes savoure chacune de ces vibrations, nous essayons simplement d'y survivre ; nous sommes secouées comme de vieux réveils dont toutes les pièces sont en train de se dévisser, et je me demande si les vieux murs du château sont conçus pour résister à de tels chocs.

— Ce doit être une tactique pour nous faire perdre les pédales, une sorte de lavage de cerveau qui nous laissera dans un tel état de torpeur que nous ne serons plus en mesure de leur résister...

C'est ce que madame Antigone vient de me murmurer malgré sa mâchoire qui semble battre des œufs en neige.

Incroyable mais vrai, quelqu'un ose prendre la parole pendant cet instant solennel et ce quelqu'un n'est autre que Mamidou. Elle n'a pas peur de se faire remarquer, puisqu'elle a même commis l'erreur de rester assise, elle.

— Vladimirrr, de grâce, arrêtez ce vacarme. Nous, simples mortelles, ne sommes pas conçues pour résister à un traitement pareil!

Et sa demande est exaucée : sur un signe du grand Préhistorique, Vladi-mirrr se lève et se met à trotter vers la porte pour arrêter le gong, on peut le supposer.

L'odeur de la soupe me frise presque les narines, mais inutile de penser manger tout de suite : nous attendons que Vlad Tepes nous invite à nous as-seoir, sans compter qu'il ne serait pas poli de prendre notre potage sans Vla-dimirrr. Le gong vient enfin de se taire, ce qui a pour effet de rendre le silence profond comme un gouffre. Vivement que Vladimirrr revienne! Tout compte fait, il est notre seul allié malgré son petit mensonge. Tous les yeux, même les nôtres, sont rivés sur Vlad Tepes. Ce dernier nous invite à nous rasseoir aus-sitôt Vladimirrr revenu. Demeuré de-bout, le neveu Tepy prend un air solen-nel. Je suis sûre que notre sort dépend de ce qu'il va dire. Madame Antigone, qui déteste le suspense sous toutes ses formes, se met à glousser, histoire de se détendre, et déclare bien haut :

— Nous sommes suspendues à vos lèvres, cher monsieur Tepes... n'est-ce pas, chérie? Je dirais même que nous buvons vos paroles!

Tu parles de choses à ne pas dire à un vampire! Quand elle est stressée, madame Antigone a toujours des paroles malheureuses. Est-ce qu'on parle à un vampire de «boire» quand on sait que ce fâcheux penchant occupe toutes ses pensées? Et puis je ne suis pas sûre de vouloir qu'elle me prenne à témoin, moi qui essaie, de tout mon cœur, de me faire oublier pour mettre au point une stratégie blindée!

Vlad Tepes n'a pas bronché et prolonge son silence comme notre institutrice quand elle n'a pas apprécié la remarque d'un élève. Et d'habitude, ça n'annonce rien de bon! Sauve qui peut! Le voilà qui se tourne vers nous.

— Date de naissance de vous chacune, «siou plaît»?

Après tout, cette façon de faire connaissance en vaut une autre. Pourquoi ai-je alors l'impression qu'il y a de bonnes et de mauvaises réponses?

— 1920, claironne madame Antigone, qui, d'habitude, se fait prier un peu plus pour décliner son âge.

— 1919, poursuit Mamidou.

C'est la deuxième fois, depuis le début de la soirée, qu'on entend sa voix et je trouve cela réconfortant. Au moins, elle suit la conversation et le simple fait d'entendre sa voix me donne la force de répondre :

— 1987.

Le voilà qui éclate de rire, et ce rire résonne dans sa cage thoracique et crée un écho lugubre qui rebondit sur tous les murs de la pièce avant de nous sauter sur le dos comme un grand manteau plein de mauvais sorts. Je ne me sens pas très brave quand il s'adresse à moi, avec un sourire.

— Toi avoir jeunesse du Beaujolais nouveau, trop jeune, beaucoup trop jeune... mais 1919 être excellent cru pour le sang. Tonton Vladimirrr être resté grand connaisseur pour choisir invités !

On aura tout vu ! Les vampires évaluent notre sang comme mes oncles goûtent et jugent les vins. Ceci dit, je suis ravie de faire partie des Beaujolais nouveaux qui n'intéressent personne pour l'instant. Par contre, Mamidou n'a pas la même chance. Elle m'a déjà dit que la Croix-Rouge l'apprécie beaucoup parce qu'elle est donneuse universelle.

Maintenant, il va falloir la sortir du pétrin parce que son sang est d'un excellent cru 1919. Une information que la Croix-Rouge ignore sûrement!

Elle ne proteste même pas. Littéralement sous le charme des vampires qu'elle est, ma Mamidou! Après tout, se faire dire qu'on a un sang d'un grand millésime, c'est un compliment, mais un compliment qui risque de changer notre vie... et pas pour le mieux! Quand un vampire s'intéresse d'aussi près à nos globules rouges, il est grand temps d'avoir une idée de génie.

C'est alors que madame Antigone et moi, nous nous sommes demandé si Dracula, alias Vlad Tepes, avait un frère jumeau ou si nous étions deux nigaudes incurables!

8

Marmite surprise

— **D**rrracula, cherrr Drrracula, ap-
prrrroche, petit coquin, pas nécessairrre
êtrrre timide…, minaude Vladimirrr
d'un air complètement gnangnan.

À ce moment-là, normalement, madame Antigone et moi aurions dû nous
étouffer de rire, tant la découverte était
ridicule, mais nous étions bien trop oc-
cupées à nous en vouloir. Nous nous
fichions bien de Vlad Tepes et de sa
suite ; nous n'avions d'yeux que pour
LUI. LUI que Vladimirrr appelait avec
tant de familiarité L'AUTRE DRACULA,

celui qui avait veillé tout l'après-midi sur Mamidou. LUI... qui venait de... sauter sur les genoux de Mamidou.

Dracula en personne n'était autre que... le CHAT de Vladimirrr ! Nous avions laissé Mamidou, pendant des heures, en compagnie d'un vulgaire gros minet noir à longs poils, convaincues qu'elle était prisonnière du Prince des vampires. Avoir su, nous aurions eu mille fois le temps et l'occasion de nous sauver, avec, au pire, un vulgaire chat en manque de caresses à nos trousses.

Madame Antigone voudrait me faire partager ses impressions, mais elle a la bouche en cœur, les mâchoires bloquées et la parole en grève, bref, tout d'un robot qui aurait manqué d'énergie au milieu d'une conversation ! Ses yeux expriment sa féroce envie d'étrangler Vladimirrr, Dracula-minet et le monstre préhistorique. Quand, enfin, nous reprenons nos esprits, c'est pour entendre madame Antigone demander, de son air le plus innocent, comme si la surprise Dracula-minet ne s'était jamais produite :

— Et avec ça, cher monsieur Tepes, quels sont vos projets pour la soirée, « siou plaît » ?

Madame Antigone a choisi la voie de l'humour en essayant d'imiter Vlad Tepes en personne ; c'est sa tactique pour reprendre contenance et pour tenter d'intimider ou d'amadouer l'adversaire. Parfois, elle obtient l'effet contraire et, en ce moment, je n'oserais pas parier sur ses chances de réussite. Alors, par prudence, je me contente de sourire intérieurement. Mamidou, elle – et c'est surprenant –, sourit franchement. Preuve qu'elle suit les événements et la conversation.

— Petite madame 1920 avoir sens de l'humour croustillant. Vlad Tepes sentir qu'il passer anniversaire inoubliable.

Et il s'assied enfin, satisfait, un petit claquement de doigt en prime. Nous n'en savons pas plus sur son programme, sauf que nous ferons partie d'une fête inoubliable. Gracieuseté de Cru 1919, Humour croustillant 1920 et Beaujolais nouveau 1987.

À son signal, deux Miss vampirettes plutôt sexy quittent la salle. À peine trois minutes plus tard, elles apportent – et Vladimirrr qui nous avait assuré que ces vampires-là ne pouvaient rien toucher ! – la fameuse marmite-mystère. Ma curiosité est sur le point d'être satisfaite! Pourtant, mon intuition me chante sur tous les tons que, dans des circonstances exceptionnelles, l'ignorance a du bon. Une troisième vampirette s'avance, portant un coussin écarlate, tandis qu'une quatrième sort de la marmite un instrument que nous n'avons aucune peine à reconnaître. Le raffinement du coussin n'atténue en rien l'aspect impressionnant de l'engin. Il s'agit d'un modèle géant. Celui dont la seule vue vient de précipiter madame Antigone dans les pommes. Vladimirrr lui fait respirer des sels pendant que Mamidou, qui semble enfin revenue sur terre, tapote les joues de son amie. Il me faut profiter de l'intermède pour échafauder un plan.

La sssssssssssssssssssssssseringue – car il s'agit de la seringue la plus dodue et la plus gourmande que j'aie jamais vue – va probablement nous envoyer au pays des rêves, Mamidou 1919 en tête! Pour la nettoyer et la stériliser, Vladimirrr utilisait une vieille méthode: il la faisait bouillir dans la marmite ovale. Le petit cachottier, pour ne pas dire le petit traître!

Car, d'après moi, la seringue est destinée à pomper goulûment des hecto-

litres de sang de Mamidou et de madame Antigone. Vladimirrr leur fricotera ensuite des potages qui leur permettront de reconstituer leurs forces. On nous entreposera ensuite toutes les trois dans une chambre froide pour nous ressortir aux grandes occasions, histoire de permettre aux vampires de trinquer à nos frais. Car, un jour, je cesserai d'être du Beaujolais nouveau. Et ainsi, de prélèvement en prélèvement, nous deviendrons l'ombre de nous-mêmes. Quel avenir ! Ceci dit, je viens d'avoir une idée !

— Monsieur Tepes, il faut que je vous dise que nous avons eu la jaunisse toutes les trois quand nous étions jeunes. Notre sang est dangereux, car il contient le virus du PASTIS ÉPICÉ...

— ... de l'HÉPATITE C, chérie, rectifie madame Antigone. Tu confonds avec le pastis qui est, lui, un apéritif. Très cher monsieur Tepes, la petite a raison. J'ajouterai même qu'un petit pastis ferait des merveilles pour votre teint alors que notre sang nuirait à votre santé...

— Organisme de nous immunisé contre tous problèmes de sang. Ancêtres de nous boire toutes sortes de sang, même mauvaise qualité. Nous devenus très résistants... Vous essayez de sauver vous parce que grande peur de seringue. Beaucoup personnes avoir déjà fait le coup à Vlad Tepes. Rassurez-vous : Vlad grand gentleman de la seringue !

Pourquoi encore se tracasser puisque nous avons affaire à un génie de la seringue, au gentleman-piqueur ? Décidément, les vampires ne sont plus ce qu'ils étaient : ils ont abandonné la bonne vieille morsure classique pour la prise de sang moderne. Quelle consolation, si c'en est une !

Ceci dit, mon sens aigu de l'observation commence à me rendre service : Vlad Tepes est impressionnant au premier abord, mais il est aussi pâlot que ses collègues. Inspirée, je refile l'information à madame Antigone.

— Reprends ta couleur « Spartan », madame Antigone. Vlad Tepes est aussi transparent que les autres, Vladimirrr ne nous a pas menti sur ce point-là en tous cas... On peut passer à travers son neveu n'importe quand !

Comme dans un film en accéléré, ma voisine a à peine le temps de me lancer un regard d'espoir que Vlad Tepes gâche tout. Son rire fait dégringoler les étagères, péter les clous du mur, sauter les mailles du gilet de madame Antigone et écrabouille mes illusions.

— Ha! ha! ha! Petite fille naïve rien connaître du pouvoir spécial pour anniversaire de Vlad Tepes! Rien pouvoir arrêter Vlad, soir comme celui-ci! Ha! ha! ha!

Bien tiens! Et sans nous laisser le temps d'imaginer quoi que ce soit, le grand Vlad Tepes commence sa démonstration. Il commence à m'énerver, cet épouvantail!

9

Métamorphose

— **L**'heure du grand jeu est venue, me souffle madame Antigone.

Vlad Tepes se lève avec beaucoup de dignité, aussitôt imité par Vladimirrr, qu'on avait un peu oublié. Celui-ci n'a plus l'air d'humeur à roucouler avec madame Antigone et semble plutôt prêt à faire les quatre volontés du neveu Tepy. Pour l'instant, ils sont au garde-à-vous et paraissent attendre qu'on joue un hymne national. Après tout, qui peut affirmer qu'un hymne national transylvanien ou vampire n'existe pas?

Vlad Tepes a levé les bras en croix; avec ses longues manches et sa grande cape, il fait penser à un prêtre qui va commencer sa messe. Dans le fond, la pose lui va plutôt bien. Tant qu'il la garde, on ne risque pas grand-chose. C'est plutôt quand il va baisser les bras que les choses vont se gâter pour nous.

Lentement, les autres vampires de sexe masculin quittent la table et viennent se mettre en file devant leur chef. Cette fois, le silence est un vrai silence: pas un bruit, pas une respiration... un silence qui ne sait plus où se mettre.

La scène qui se déroule sous nos yeux sabote d'avance tous mes futurs plans... Mes aïeux! Les pouvoirs de Vlad Tepes dépassent toute imagination! L'un après l'autre, les vampires, qui jusqu'ici avaient un rôle de figurants, s'avancent et s'avancent encore pour... disparaître dans Vlad Tepes. GLOUP, GLOUP, GLOUP... comme s'ils étaient avalés par une nappe de brouillard. J'en compte au moins trente-deux qui viennent de se faire engloutir. Absorbés par le grand maître de cérémonie, abracadabra, disparus sans laisser de traces. Le cortège des femmes s'avance à son tour. Le rite change un peu : un gros bisou dans le cou – sans doute en souvenir du rituel passé –, et les femmes disparaissent de la même façon que les hommes. SMACK-GLOUP, SMACK-GLOUP, SMACK-GLOUP ! À ce régime-là, on gagne encore du temps ! Mais madame Antigone voit les choses autrement :

— Regarde Vlad TÉPAISS-IT, Dédée, il devient plus vivant, plus réel, moins transparent au fur et à mesure qu'il engloutit ses petits camarades.

SAINT VLADIVERGOTH ! C'EST VRAI QU'ELLE A RAISON ! Voilà l'étendue réelle du fameux pouvoir d'anniversaire : grâce à un tour de vampire dont Mamidou, j'en suis sûre, n'a jamais entendu parler, ses semblables prêtent à Vlad Tepes toute leur énergie et celui-ci reprend des forces, des couleurs et une forme humaine qui s'apparente à notre modèle à nous. Rematérialisé, il devient capable de manier la seringue comme un chef ! Déjà vingt-six vampirettes embrassées et avalées, et il en reste presque autant. Si mon calcul mental et mes nerfs tiennent le coup, je peux déjà affirmer que, dans un quart d'heure environ, Vlad Tepes sera en parfaite santé. Beau ce n'est pas garanti mais aussi redoutable que par le passé, sûr et certain! Une vérité qui donne la chair de poule et que Vladimirrr nous a soigneusement cachée. Madame Antigone m'attrape la main et murmure:

— Y a pas à dire mais je l'aimais mieux avant. Il était plus effacé... je ne sais pas, moi, mais je le trouvais plus pâlot, plus attendrissant... Attendrissant, ce n'est peut-être pas le bon mot, mais moins effrayant, en tout cas. Maintenant, c'est... C'EST AFFREUX, CHÉRIE, ON EST TOUTES BONNES POUR LA SERINGUE de ce malfaisant! Qu'est-ce qu'on va devenir?

Bonne question! J'ai envie de lui répondre «des vampires probablement», mais ce n'est pas une bonne idée...

— Adorâââble petite madame Antigone impressionnable et inquiète? Pas l'habitude cérémonie nous. Madame Antigone devoir venir plus souvent...

Vlan! Sur cette réflexion de Vlad Tepes, la cérémonie s'arrête. Tous les regards se tournent vers madame Antigone, qui fait de son mieux pour ne pas s'évanouir une deuxième fois.

— Oh, moi? Ce ne sera rien, ça va passer, un petit malaise, la vieillesse, l'émotion, la digestion, la vampirisation, tout me lâche, quoi! Tandis que vous, ma foi, vous avez l'air d'aller beaucoup trop bien... je veux dire mieux. Votre truc de prestidigitation est très réussi, hein... un peu trop même. Notez que c'est seulement mon avis à moi. Et puis je trouve que vous faites beaucoup trop de chichis pour nous recevoir. Un petit brunch sans façon, deux cuillerées de soupe entre copains, et puis chacun rentre chez soi. Toutes ces festivités ne sont plus de mon âge. Il est tard. Viens Mathilde, viens Dédée, on s'en va, et excusez-nous encore. La fatigue et tout le tralala... La sortie? Premier couloir à gauche? Ne vous dérangez pas, on trouvera toutes seules. La petite visite était bien agréable, on se téléphonera. Oui, précisément, on s'appellera. Voilà, merci pour tout et bon débar... À la prochaine fois!

Pendant deux minables secondes, j'ai cru que le discours complètement débile de madame Antigone pourrait nous sortir du pétrin! Si Vlad Tepes a déballé son grand jeu, il va falloir sortir le nôtre ; malheureusement, je n'ai pas la moindre idée de ce qu'il faut faire.

AGLAÉ, si tu m'aimes, VIENS ME CHERCHER!

10

Contre-attaque

Sans réfléchir et sans avoir la moindre idée de ce que je vais dire, je prends la parole. J'ai l'impression de lire les sous-titres d'un film auquel je ne comprends rien. Pourtant, les mots se suivent et plus je les enfile, plus j'oublie le danger auquel je m'expose.

— Monsieur Tepes, si je peux me permettre de vous interrompre un instant, nous nous excusons de ne pas vous avoir apporté le moindre petit cadeau, à part notre sang évidemment. C'est très impoli de notre part, mais nous avons une bonne excuse. Voyez-vous, nous ignorions que c'était votre cinq cent soixante-septième anniversaire, sinon nous aurions amené la collection de films d'horreur de Mamidou. On aurait pu organiser une petite projection en votre honneur, histoire de vous montrer comment les gens, les mortels comme nous, vous perçoivent... Par contre, dans ma poche, j'ai quand même une petite photo de Brad Pitt, un acteur sûûûperbe, qui incarne un vampire irrésistîîîble dans le film *Entretien avec un vampire*. Si ces dames veulent jeter un coup d'œil?...

Pendant que les vampirettes qui restent visibles approchent, je glisse tout bas à madame Antigone :

— Attrape Mamidou et reculez, l'air de rien, vers la porte de côté. Le temps d'abandonner mon pauvre Brad Pitt à ces curieuses, je vous rejoins et on fonce vers n'importe quelle sortie...

Je fais mine de me diriger vers les vampirettes tout en me rapprochant le plus possible de la porte en question. La photo, qui sert d'appât, tremble au bout

108

de mon bras tendu. Vlad Tepes a l'air amusé. Vu sa toute-puissance, il peut se permettre d'accorder une dernière petite fantaisie à ses futures victimes!...

Voilà! Je laisse glisser la photo du pauvre Brad dans les mains goulues de ces dames et je m'élance vers la porte en bousculant madame Antigone et Mamidou, mais je ne veux que leur bien.

Quatre ou cinq vampirettes sont restées insensibles au charme de mon acteur préféré et elles ont des réflexes de sauteuses d'obstacles. Trois d'entre elles viennent de me bondir dedans et deux autres ont envahi madame Antigone: «GLOUP», «GLOUP», «GLOUP», malgré nous! Ça n'a l'air de rien, mais les fantômes ne sont pas aussi légers qu'on pourrait le croire: je me sens aussi lourde que si je devais livrer, à la course, trois menhirs pour Obélix! Mamidou, qui a retrouvé tous ses réflexes, court aussi vite que moi. Loin derrière, madame Antigone râle contre le poids de ses envahisseuses:

— Dites donc; j'ai dû avaler des poids lourds... et ces dames doivent avoir des rhumatismes par-dessus le marché... À peine «marrant», le truc du neveu Tepy, hein?... Je me sens toute moche à l'intérieur... Elles vont avoir toutes sortes d'effets secondaires... néfastes sur notre santé, les fofolles de Tepy!... Oh, mon Dieu... nous allons avoir des tas de maladies inconnues... qui vont se répandre dans notre sang et le faire virer en vinaigre... ou en un horrible élixir toxique et malfaisant... La science ne pourra rien pour nous... Sans compter les idées affreuses qu'elles vont s'amuser... à nous mettre en tête. La nuit... j'irai vampiriser les pensionnaires de la «Belle Aurore»... Et tout cela, c'est sans compter... les nombreux ravages qu'elles sont en train de faire... dans mon vieux corps tout déglingué... auquel je tiens énormément... Attendez-moi, voyons... Et si on leur donnait des baffes?... Si on les insultait?... Si on se passait... quelques gousses d'ail sous le nez?... Elle vont me léguer... leur teint pâle... et des dents, des dents... Je refuse de ramener ces dames chez moi...

Elle a du souffle, madame Antigone, et moi, pas la moindre idée de la façon de nous débarrasser de ces «pensionnaires». Pour tout compliquer, voilà que Vladimirrr – on l'avait oublié, celui-là – nous barre le chemin. Comment a-t-il pu arriver si vite ici?

À la vue de Vladimirrr, les vampirettes quittent instantanément notre corps et les cinq le supplient en chœur :

— Tonton, vite aider nous !

— «Désossé», chérrries ! Pas pouvoir fuirrr fois-ci. Prrrochaine fois peut-êtrrre quand vous avoirrr prrris davantage soupe. Lumièrrre du jourrr encore dangerrreuse pourrr vous. Vous occuper de cousin Tepy et moi prrromettrrre jeu Monopoly avec dix cuillerrrées potage chacune pourrr ce soirrr ! Vite, vite, êtrrre gentilles et aider tonton !

Contre toute attente, les voilà qui partent en nous faisant des révérences... amicales ou presque.

— Vladimirrr honteux, Vladimirrr trrrahirrr vous. Affection pourrr Tepy aveugler Vladimirrr. Tepy avoirrr trrrop grrrande névrrralgie du passé et des cérrrémonies...

— Nostalgie du passé, pas névralgie, corrige machinalement Mamidou, aussi perplexe que madame Antigone et moi.

— Tepy pas accepter son sorrrt, lui vouloirrr jouer au passé comme petit enfant. Vladimirrr avoirrr été mauvais garrrçon mais rrracheter lui. Vous suivrrre lui dans souterrrain. Lui montrrrer

sorrrtie. Perrrsonne connaîtrrre souterrrain et nièces distrrraire Tepy. Elles
rrrêver quitter château un jourrr. Elles
capables suivrrre rrrégime Vladimirrr
en secrrret. «Siou plaît», vous pouvoirrr
parrrdonner à Vladimirrr et prrromettrrre
rrrevenirrr voirrr pauvrrre Vladimirrr ?
Moi prrromettrrre plus mauvaises surrr-
prrrises pourrr vous...

Émue, je retrouve ma voix et risque
une petite question :

— Vlad Tepes va-t-il vous punir s'il
découvre que vous nous avez aidées ?

— Lui pas savoirrr. Vladimirrr pas
en danger...

Madame Antigone et Mamidou lui
sautent au cou et, avec beaucoup de
conviction, lui font la bise, ce qui a le
don de mouiller les yeux de notre vampire préféré.

— Vous dépêcher ! Descendrrre escaliers puis sorrrtie juste en face. Moi rrrejoindrrre nièces pour rrraconter petit
mensonge à Tepy. Attention, marrrches
glissantes...

AAAAAAAAAAAHHHHHHHHHHH !...

Épilogue

Une seule marche ratée et nous dégringolons toute la volée d'escaliers, pêle-mêle, avec un seul cri unanime :

— AAAAAAAAAAAAHHHHHHHH !

Et vlan, je me retrouve... seule, sur la moquette, dans ma chambre, tombée du lit, sortie directement d'un cauchemar. Il est sept heures, l'heure d'aller à l'école, et ma mère me hurle, d'en bas :

— Dédée ! Téléphone pour toi !

Au bout du fil, madame Antigone est dans tous ses états !

— J'ai raconté une histoire abracadabrante à tes parents pour justifier mon appel matinal, mais celle que j'ai à te raconter est délirante. Pas un mot à Mathilde là-dessus, même si je la soupçonne fort d'être à l'origine de cette aventure. Tu sais comment elle nous sème des idées dans la tête... eh bien, elles finissent par y germer sous forme de cauchemars. Voilà, Dédée, cette nuit... j'ai fait un rêve étrange. Nous étions...

— ... dans un château?

— C'est tout à fait cela, oui. Mathilde, toi et moi étions poursuivies par...

— ... une meute de vampires de deuxième catégorie?

— Je ne te le fais pas dire! Ensuite, Vladimirrr...

— ... nous a trahies puis nous a sauvées.

— Mon Dieu, toi et moi avons fréquenté le même cauchemar, à moins que ce ne soit autre chose qu'un rêve?

— Je pense que toi et moi avons rêvé sur la même longueur d'onde et dans la même dimension...

— Toutes ces coïncidences sont troublantes! Nous devrions peut-être en parler à Mathilde pour avoir son avis. Après tout, elle est l'experte en vampires, non?

— Je ne pense pas que ce soit une bonne idée, car, dans ma version à moi, tu sais, elle n'avait qu'un tout petit rôle...

— Elle avait l'air d'une gourde, tu veux dire. Cela ne lui ressemble pas d'ailleurs: elle n'a ouvert la bouche que deux ou trois fois dans mon rêve ! Alors motus et bouche cousue ! N'empêche que je me fais du mauvais sang pour Vladimirrr...

— Moi aussi. J'espère que Vlad Tepes a gobé tous ses mensonges !

Il y a de quoi se faire du mauvais sang pour Vladimirrr. À distance, on peut se le permettre : bon ou mauvais, notre sang n'intéresse plus personne ! Après tout, notre allié risque d'être en mauvaise posture, à cause de nous, et nous n'avons aucun moyen de prendre de ses nouvelles. À moins que nous découvrions une façon de retourner là-bas, un jour !... Qui sait ?

Table des matières

Collection Papillon